Der Fremden Kind

IMPRESSUM

2017 – Manfred Breddermann

1. Auflage

ISBN: 9 783744 837767

Herstellung und Verlag:

BoD – Books on Demand, Norderstedt

Der Fremden Kind

Manfred Breddermann

INHALTSVERZEICHNIS

Vorwort

Diese kleine Biographie umfasst meine Kindheit vom neunten bis zum vierzehnten Lebensjahr. Das sind die Jahre von 1945 bis 1950, also die ersten Jahre nach dem Ende des Krieges. In diesen Lebensjahren sind wir besonders aufnahmefähig, nicht umsonst ist die gesetzliche Schulpflicht in diesem Zeitraum vorgeschrieben.

Nun waren meine Lebensumstände gerade in diesem Zeitraum sehr turbulent. Es gab da nicht nur das Ende des Krieges mit seinen Folgeerscheinungen, es war vor allem die Scheidung meiner Eltern, die mich als Kind besonders belastete. Meine bis dahin heile und auch glückliche Kinderwelt war plötzlich für mich zu Ende.

Um mich herum entstand ein feindlich gesinntes Umfeld, meine einzige Bezugsperson war nur noch meine Mutter. Und die wurde von meinem Vater diffamiert und von den „lieben" Verwandten zu einer fremden, unerwünschten Frau degradiert.

Nach einem widersinnigen Gerichtsbeschluss musste ich meine Mutter verlassen und kam gegen meinen Willen zu meiner neuen „Mutter", zur Stiefmutter. Die war mir aber mehr als nur fremd, sie war für mich abscheulich und rücksichtslos, ich konnte sie nur hassen. Für meinen Vater galt dasselbe.

Ich hatte vergeblich lange Zeit versucht, bei meiner Mutter zu bleiben, wenn ich abgeholt werden sollte, war ich jeweils verschwunden. Erst nach einem Haftbefehl gegen meine Mutter, habe ich das aufgegeben. Das einzige, was ich aus Protest jetzt noch tun konnte war zu schweigen, zu meinen Vater und zu meiner Stiefmutter sprach ich monatelang kein Wort.

Bei meinem Rückblick auf diese Zeit, versuche ich nach zu vollziehen, was in mir vorging, während ich mich zwangsläufig an die neue Situation allmählich anpassen musste. Vor allem, wie ich meinen Hass aus eigener Einsicht abbauen konnte, um als „normales" Kind zu leben. Auch wenn einige Wunden und „Macken" zurück blieben, glaube ich heute, dass es meiner menschlichen Weiterentwicklung nicht geschadet hat. Vielleicht hat es meinen Reifeprozess sogar beschleunigt.

Das Ende naht

„Der Ami wird in zwei bis drei Tagen hier sein, richtet euch darauf ein" sagte uns seelenruhig ein Offizier, nachdem er seinen Panzerspähwagen hinter unserem Haus verschanzt hatte. Das war für mich unfassbar. Wie konnte er zugeben, dass der Ami nicht mehr aufzuhalten war und wir nicht mehr siegen würden. War das nicht Fahnenflucht, oder nicht sogar Kriegsverrat, muss das nicht gemeldet werden?

In meinem neunjährigen Kopf schien sich alles zu drehen, nein, ich konnte es nicht glauben, dann wird ja alles zusammenbrechen. Als „Unterpimpf", Pimpf konnte man erst mit zehn werden, war ich so stolz auf unsere Soldaten, und wir alle waren so fest davon überzeugt, dass wir noch siegen werden, und jetzt das. Nicht dass ich jetzt Angst bekam. Ich war wütend und enttäuscht, ich wollte es einfach nicht glauben.

Nach zwei Tagen standen wir unter Artillerie Beschuss. Tagsüber waren es zunächst nur einzelne Einschläge, abends begann dann die Hölle. Für etwa eine Stunde erfolgte Einschlag auf Einschlag und davon einige in unser Haus. Da unser Luftschutzkeller an der „Frontseite" war, flüchteten wir uns in den Schweinestall, der auf der gegenüberliegenden Hausseite lag

. Und das war unser Glück, die Außenwand des Luftschutzkellers wurde von zwei Einschlägen getroffen und der Keller war zertrümmert. Während der ohrenbetäubenden Knallerei hockten wir aus Angst wie versteinert auf dem Boden und dann war plötzlich alles still.

Und diese unerwartete Stille war für mich seltsamerweise noch unheimlicher als die Knallerei. Wir wagten es nicht, uns zu rühren, was kann jetzt als nächtes kommen? Erst nach einigen Minuten rafften wir uns auf und rannten instinktiv in die benachbarte Schule, von der wir wussten, dass sie einen bombensicheren Keller hatte.

Die Flucht in den Keller der Schule dauerte zwar nur ein paar Minuten, aber diese Minuten waren eindrucksvoll. Es war eine stockfinstere Nacht, kein Stern zu sehen und nirgendwo ein Licht oder etwas Helles. Die Luft war durchtränkt mit Pulverdampf und Pulvergeruch. Und dann diese unheimliche Stille, keine Schüsse mehr, nichts war zu hören. Die Zeit schien still zu stehen und um uns herum schien alles tot zu sein.

Endlich erreichten wir den Keller. Es waren noch weitere Familien hierher geflüchtet, aber niemand wagte zu sprechen, es wurde nur ganz leise getuschelt. Wir verkrochen uns in die Ecken und warteten. Nach unendlicher langer Zeit, vermutlich waren es nur ein bis zwei Stunden, hauchte jemand: „sie kommen".

Kurz darauf kamen sie auch, ganz langsam und vorsichtig mit vorgehaltener Maschinenpistole. Vorneweg ein Schwarzer, der uns kritisch beäugte. Ich hatte bis dahin noch nie einen „Schwarzen" gesehen und jetzt hatte ich umso größere Angst. Meine Mutter versuchte meine fünfzehn jährige Schwester zu verstecken.

Aber die ersten Soldaten haben nur nach Männern gesucht und uns zunächst in Ruhe gelassen. Mein Vater war ohnehin nicht bei uns, bei unserer „Evakuierung" aufs Land, nach Gleidorf, war er in Hagen geblieben. Und mein Opa war wohl für die Besatzer alt genug, um nicht mehr gefährlich zu sein.

In den nächsten Wochen durften wir den Keller nicht verlassen. In unser Haus konnten wir ohnehin nicht zurück, es wurde von den Amerikanern als Lazarett und Kommandozentrale genutzt. Für die Zeit im Keller habe ich nur wenige Erinnerungen. Mir ist heute schleierhaft, wie wir uns unter diesen Umständen überhaupt ernähren konnten. Ich bin mir aber sicher, dass ich zu keiner Zeit hungern musste, es war immer etwas zum essen da.

Wahrscheinlich habe ich nicht mitbekommen, dass die Amerikaner uns versorgt haben. Von den ersten Amerikanern habe ich in Erinnerung behalten, dass ich meine kindlichen Vorbehalte gegen „Schwarze" ändern musste. Es waren nicht die befürchteten bösen Männer. Im Gegenteil, es waren die freundlichsten Soldaten, zumindest für uns Kinder. Sie hatten richtig Freude daran, uns Kinder mit Schokolade und anderen Kostbarkeiten zu beschenken.

Irgendwann durften wir wieder zurück in unser Haus. Der Keller war zwar zerstört und musste neu ausgebaut werden. Aber die Wohnräume hatten nichts abbekommen und auch die Besetzer hatten die Einrichtungen einigermaßen pfleglich behandelt.

Und dann war auch bald der Krieg zu Ende. Es dauerte eine ganze Weile, bis sich alles einigermaßen normalisiert hatte. Bei mir ging das offensichtlich nicht ganz so schnell: „ Heil Hitler, Herr Direktor" grüßte ich meinen Schuldirektor, wohlerzogen, so wie er das von uns immer erwartet hat. Warum ist er so unhöflich und grüßt nicht zurück? Er guckte mich nur wütend an und ging dann weiter.

Mir hatte bis dahin niemand gesagt, dass man ab sofort statt „Heil Hitler" jetzt „Grüß Gott" sagen muss. Leider normalisierte sich nicht alles.

Mein Vater hatte das Glück, nicht in Gefangenschaft zu geraten, blieb aber in Hagen, und das war der Beginn für das Ende unserer Familie.

Opas Haus

Das Haus meines Großvaters war für mich das schönste Haus im ganzen Dorf. Das Haus des Arztes war zwar größer und stand in einer kleinen Parkanlage, war aber eben nur ein größeres Haus, nichts besonderes. Ganz anders „unser" Haus, es hatte etwas trotziges, fast wie eine Burg.

Es stand auf einer Anhöhe, dicht an der oberen Kante einer hohen Böschung. Mit ebenerdigen Keller, Hochparterre und Dachgeschoß war es baulich nicht besonders hoch, aber durch die geschickte Anordnung oberhalb der Böschung, machte es schon einen hohen Eindruck.

Mit seinem winkelförmigen Grundriss hatte es auch ein interessantes Dach. Das Walmdach war tief heruntergezogen, wodurch die beiden Giebelflächen als Fassade hervorgehoben wurden. Und diese Fassaden zeigten ein kunstvoll angeordnetes Fachwerk, mit gebogenen Hölzern und dreieckigen Holzflächen.

Es war auch mein Geburtshaus. Zu meiner Geburt war meine Mutter für einige Tage zu meinen Großeltern gezogen. Ich hatte die Ehre, im schönsten Sonnenzimmer, in der Obhut meiner Großmutter zur Welt zu kommen.

Meine Großmutter war wohl eine sehr besondere Frau, sie hatte im Dorf den Ruf einer weisen Frau mit heilenden Fähigkeiten. In der damaligen Zeit gab es aber auch Einige, die sie deshalb als Hexe ansahen. Leider kann ich mich an sie nicht erinnern, sie verstarb als ich etwa drei Jahre alt war.

Gebaut wurde das Haus von dem Bruder meines Großvaters in den ersten Jahren des 20. Jahrhunderts. Es zeigt wohl den guten Geschmack der damaligen Zeit, aber nur in der Fassade. Ob die Inneneinrichtung auch der damaligen Vorstellung von „Komfort" entsprach, kann ich nicht beurteilen, aber die war mehr als sparsam.

Fließendes Wasser gab es nur in der Küche und in der Waschküche. Ich kann mir heute nicht mehr vorstellen, wie wir uns gewaschen haben, aber das war sicherlich nur eine Frage der Gewohnheit. Zwei Toiletten gab es, eine unten im Hausflur und eine auf halber Treppe darüber. Es waren aber auch nur einfache „Plumpsklosetts", ohne Wasserspülung und ohne Waschbecken.

Zum „Plumpsklosett" gehört eine „nette" Geschichte: „Das ist doch ein starkes Stück" schrie meine Lehrerin in unser Wohnzimmer und knallte die Tür wieder zu. Meine Lehrerin wohnte mit Ihrer Mutter zur Untermiete in unserem Haus. Sie war an sich recht nett, aber mein Onkel Kurt hatte mich zu einem fiesen Spielchen überredet.

Mein Onkel Kurt war als junger Soldat auf Urlaub bei uns. Sein besonderes „Spielzeug" war ein Elektrisierapparat, mit dem er einigen Unfug trieb. Uns Kindern schenkte er Geldstücke, die wir aber aus einer Schüssel mit Wasser fischen mussten, wobei das Wasser unter Strom stand.

Unter seiner Anleitung setzte ich damals auch das Plumpsklosett, beziehungsweise die Sitzfläche unter Strom. Das Klosett bestand aus einer Holzabdeckung mit Öffnung. So ließ sich das Stromkabel unsichtbar verlegen und mit einem holzfarbenen Heftzweck auf der Sitzfläche verbinden. Nun musste ich nur noch den richtigen Zeitpunkt abwarten und dann die Kurbel am Apparat möglichst schnell drehen. Der Erfolg war das Entsetzen meiner Lehrerin.

Zum Haus gehörte ein größerer Garten mit vielen Johannis- und Stachelbeersträuchern und eine große Wiese mit Obstbäumen. Mein Großvater war Meister im „Aufpfropfen", So gab es einige Bäume mit zwei unterschiedlichen Obstsorten.

Auch Tiere bewohnten das Haus, eine Ziege, ein Schwein und mehrere Hühner. Katzen und Hunde waren damals noch nicht so verbreitet wie heute. Katzen gab es nur auf dem Bauernhof und Hunde an Ketten. Die Ziege war frecher als ein Ziegenbock. Nach vielen blauen Flecken wurde mein Wunsch erfüllt, die Ziege gegen ein Schaaf auszutauschen.

Nachdem das alte Schwein den Weg durch die Wurstküche gegangen war, bekam ich auch ein neues, junges Schwein. Bekanntlich sind Schweine sehr lernfreudig, wenn man sich mit ihnen beschäftigt, und das tat ich sehr ausführlich. Natürlich hieß es „Rosalinde" und es wusste, dass es so hieß.

Schweine sind die saubersten Tiere, zumindest galt das für meine Rosalinde. Ohne eine bewusste Erziehung, teilte Rosalinde ihren Stallbereich so auf, dass es einen kleinen Schmutzbereich und einen größeren „Wohnbereich" gab, und diese Aufteilung wurde immer beachtet. Mein Schwein blieb immer sauber, auch ohne Läuse. Ob das Suhlen im Schlamm für Schweine eine besondere Bedeutung hat, das weiß ich nicht. Mein Schwein fand daran kein Interesse, trotz einiger Möglichkeiten dazu.

Die größte Freude hatten wir miteinander beim Versteck spielen. Wenn ich ihr sagte, dass sie sich verstecken soll, wartete sie solange, bis ich mich umdrehte. Dann verkroch sie sich im Stroh und rührte sich nicht mehr, solange ich so tat, als wenn ich sie suchte, nach dem Motto: „Rosalinde wo bist du denn"? Nach einer Weile kam sie dann herausgeschossen und versuchte mich umzurennen.

Seit dieser Zeit zählen Schweine zu meinen Lieblingstieren, vielleicht auch deshalb, weil ich nach dem chinesischen Kalender im Zeichen des Schweins geboren bin.

Opas Dorf

Gleidorf, das Dorf an der Gleier, liegt an sich an der Lenne, dort wo der kleine Bach Gleier einmündet. Zumindest im Sommer spielte die Lenne für uns Kinder eine große Rolle. Der Fluss selbst war zwar weniger als einen halben Meter tief, aber er hatte einen „Kump", wie wir unsere Badestelle nannten. Dieser Kump war breit und tief und lag hinter einer meterhohen Stromschnelle.

Hier lag unser Badeparadies und gleichzeitig konnten wir hier auch Fische fangen. Da dies verboten war, mussten wir auf dem Heimweg unseren Fang verstecken. Und das ging am einfachsten, wenn wir die Forellen zusammengefaltet in unsere Badehose einwickelten. Das hatte zur Folge, dass in der Bratpfanne die toten Fische wieder „lebendig" wurden, das heißt, sie verbogen sich in der Pfanne. Meine Mutter fand das abstoßend und hat von meinen Fischen nichts gegessen.

Unser geliebter Badeteich hatte aber auch einen Schönheitsfehler, er grenzte mit einer Seite an eine Müll- und Abfallkippe. Und wo Abfall liegt, da gibt es auch Ratten. Besonders beim Fischen mussten wir mit Ratten rechnen. Wir fingen die Fische ja mit der Hand und mussten sie in den Steinspalten tastend aufspüren. Aber wir kannten uns gut aus, fühlten wir etwas Warmes, so war es ein Fisch, fühlte es sich kalt an, war es eine Ratte und zogen unsere Finger sofort zurück.

Obwohl wir uns an die Anwesenheit von Ratten gewöhnt hatten, erlebte ich einmal doch eine Schocksituation. Ich stand bis zum Hals im Wasser, als eine Ratte direkt auf mich zu schwamm. So auf Augenhöhe, ein Meter vor mir, das war zuviel für meinen kindlichen Mut. Ich war wie erstarrt und konnte nicht flüchten. Nur laut Schreien konnte ich noch und das reichte aus, um die Ratte zu verscheuchen. Diese Situation hat mich noch einige Zeit verfolgt.

Glauben Sie daran, dass jemand vom Jagdfieber besessen sein kann? Ich verabscheue jedes Jagen von Tieren, aber Jagdfieber habe ich damals selbst erleben müssen. Als ich das erste Mal als Kind vor dem Aquarium im Wuppertaler Zoo stand, machten sich plötzlich meine Hände selbständig und griffen gegen die Glaswand, an der ein größerer Fisch vorbei schwamm.

Das häufige Fische fangen mit den Händen hatte sich offensichtlich tief bei mir eingeprägt. Nachdem ich meinen Schreck über diese seltsame Reaktion überwunden hatte, wurde mir klar, so ähnlich geht Jagdfieber.

Opas Grundstück grenzte nach hinten an das Bahnhofsgelände. Für die wenigen Personenzüge genügte dem Bahnhof ein einfacher Bahnsteig, Für den Güterverkehr gab es aber einen größeren Verschiebebahnhof mit etlichen Gleisen. Hier war der Hauptumschlagsplatz für Holz aus dem tieferen Sauerland.

Die vielen Holzstapel waren schon interessant, aber die Krönung war das Mitfahren auf der Verschiebe Lok. Diese Loks waren meist ältere Lokomotiven mit großen Vorratsbunkern und noch größeren Tenderflächen. Bis zu zwanzig Kindern konnten da mitfahren. Der Mitfahrpreis war ein Hühnerei für den Lokführer.

Auch interessant waren für uns die Auslagerungen einer Firma aus Forbach, um die sich nach dem Kriegsende niemand mehr kümmerte. Es waren überwiegend Barackenteile, mit denen sich wunderschöne Hütten bauen ließen.

Noch wichtiger waren große Mengen von Leichtmetallplatten, Handteller groß und flach, die idealen Wurfgeschosse. Man konnte sie auch verbrennen, ihre Weißglut war blendend schön. Das funktionierte aber nur in einer stärkeren, vorhandenen Glut, zum Beispiel im Ofen. Dadurch wurde jedoch der Ofenrost zu geschmolzen.

Auch Fußball haben wir gespielt. Es gab zwar weit und breit keinen Fußballplatz, aber es gab genügend Wiesen. Wir verabredeten uns mit einer anderen Dorfmannschaft und suchten uns dann eine passende Wiese. Jede Mannschaft brachte ein „Tor" mit. Aber wehe, es kam der Bauer: Spiel abbrechen, Tore abbauen und nichts wie weg.

In Gleidorf gab es aber einen Turnverein. Mit dem durfte ich einmal zu einem Turnfest in Grevenbrück mitfahren. Transportiert wurden wir in einem offenen Lkw, mit einigen Sitzbänken. Da es keine Turnschuhe zu kaufen gab, fertigte ich mir selbst mit Hilfe meiner Mutter die Turnschuhe an. Dazu nähten wir einen festen Leinenstoff auf eine dicke Pappsohle. Sie hielten tatsächlich die nächsten Wettkämpfe aus.

In meiner Altersklasse wurde ich fünf Bester und bekam auch einen Lorbeerkranz, was mich richtig stolz machte. Ich bekam hier aber auch einer Dämpfer, als der Kampfrichter nach meiner Reckübung meinte: „Nicht schlecht, aber Dein Großvater konnte das viel besser". So hatte ich wohl meine Familie blamiert. Mir hatte vorher niemand erzählt, dass mein Opa ein guter Turner war und später sogar den Spitznamen „Turnvater Jahn" bekam.

Tante Hertha

Und dann änderte sich alles. Nach der Trennung meiner Eltern kam die Scheidung. Von heute auf morgen wurde aus der lieben Tante Milly die Stefainski, die Pollakin, meine Mutter wurde zur Fremden. Um das einigermaßen verstehen zu können, muss man die damalige Dorfstruktur kennen.

Bei den circa vierhundert Einwohnern von Gleidorf war der mittelalterliche Glaubenskrieg immer noch in den Köpfen vorhanden. Katholiken und Protestanten lebten gesellschaftlich strikt getrennt, mehr gegeneinander als miteinander. Kirchen, Friedhöfe und Schulen waren ohne dies getrennt, aber auch bei Freundschaften, Feiern oder sonstigen Zusammenkünften blieb man unter sich. Die Protestanten waren zwar in der Minderheit, hatten aber die Dominanz im Dorf. Sie waren fast alle miteinander verwandt und was noch wesentlicher war, ihnen gehörten alle Geschäfte im Dorf.

Das größte Geschäft war das Fahrradgeschäft mitten im Dorf an der Hauptstraße. Es gehörte meinem Onkel Heinrich. Er war ein liebenswürdiger Mensch, hatte aber wenig zu sagen, das Kommando hatte seine Frau Hertha, die Schwester meines Vaters. Tante Hertha bestimmte was gut oder böse war, nicht nur in ihrem Haus, sondern im ganzen Dorf.

Wegen ihrer schweren Erkrankung, vermutlich war es MS, konnte sie das Haus nicht mehr verlassen und war wohl entsprechend verbittert. Sie saß den ganzen Tag am Fenster und überwachte alle vorbeigehenden Dorfbewohner. Im nach hinein bewundere ich ihre Stärke, mit der sie bei allen Verwandten ihre eigene Meinung durchsetzen konnte.

Für sie hatte meine Mutter die Ehe mit ihrem Bruder zerrüttet. Und da ihr Bruder nicht mehr in Gleidorf lebte, sollte diese Frau auch das Dorf verlassen, zudem war sie ja auch noch als Katholikin aus Schlesien hier her gekommen.

Diesem Einfluss unterlag auch mein Großvater, mit dem wir uns bis dahin immer gut verstanden hatten. Ob mit oder gegen seinen Willen, wir wurden gezwungen, uns in ein kleines Dachzimmer zurückziehen, für alles andere im Haus oder Garten war uns der Zutritt verboten. Tante Herthas Tochter übernahm die Haushaltsführung meines Großvaters und gleichzeitig auch unsere Überwachung.

Wir hatten plötzlich nichts mehr, keine eigenen Möbel, kein Herd und keinen Vorrat an Lebensmittel. Ob mein Vater Unterhalt zahlte, habe ich nicht mit bekommen, irgendwie haben wir uns aber ernähren können.

Es war später Herbst und die Obsternte war reichlich, nur für uns gab es nicht einmal einen Apfel. Die Äpfel wurden auf dem Dachboden hinter verschlossener Tür gelagert, ich konnte sie riechen.

War es dann etwas sehr Schlimmes, wenn ich das Vorhangschloss aufschraubte und mir ein paar Äpfel holte? Immerhin waren es bis vor kurzem auch meine Äpfel und bei der Pflege der Bäume hatte ich auch mitgeholfen. Im späteren Scheidungsprozess wurde dies jedoch als Einbruch und Diebstahl gegen meine Mutter gewertet.

Wir fühlten uns hier eingesperrt und überwacht, so „flüchteten" wir bald in eine andere Wohnung, beziehungsweise in eine andere Unterkunft. Aber die war alles andere als wohnlich. Hier hatten wir zwar eine Kochstelle und etwas mehr Raum, aber die Wände waren nasskalt, das Mauerwerk war unverputzt und nur gestrichen.

Nach einem halben Jahr fanden wir dann endlich am Dorfrand eine bessere Einzimmer Wohnung, in der wir uns einigermaßen wohl fühlten konnten. Die Hausbesitzerin war zwar eine etwas schrullige alte Dame, aber sie war immer sehr freundlich und hatte als Katholikin für unseren Verwandten Clan nicht viel übrig.

Etwas eigenartig, aber auch belustigend fand ich ihr all abendliches „Cherri piss, Cherri piss nun", wenn sie mit ihrem Hund vor die Tür ging und ihn lauthals befehligte.

Hamsterzeit

Wie allerorten waren in den Nachkriegsjahren die Lebensmittel Mangelware. Die Hauptnahrung bestand aus Maisbrot, Aufstriche gab es nicht, die mussten wir uns selbst zusammenmixen. Um etwas Reichhaltigeres zu bekommen, musste man Hamstern gehen. Nur mit leeren Händen war bei den Bauern kaum etwas zu holen, vielleicht mal ein paar Kartoffeln oder ein Stück Brot. Einmal bot man uns eine tote Taube an.

Meine Mutter besaß aber für die damalige Zeit ein besonderes Vermögen. Aus besseren Zeiten hatte sie eine Kiste mit gut riechenden Seifen über die Jahre aufbewahrt. Und diese Seife kam bei den Bauern als Tauschmittel gut an.

Unsere wichtigste Nahrungsquelle war aber in dieser Zeit ein Bauernhof in Herschede, etwa 15 Kilometer von Gleidorf entfernt. Hier hatte ihre Freundin Bärbchen eingeheiratet. Mit Tante Bärbchen war meine Mutter Ende der zwanziger Jahre aus Schlesien „ausgewandert".

In Herschede konnten wir uns nicht nur satt essen, wir konnten auch einiges mit nach Hause nehmen. Um diese Gaben nicht über die lange Strecke zu tragen, baute ich aus alten Kinderwagen Räder einen „Bollerwagen", den wir hinter uns herziehen konnten.

Hin und wieder verbrachten wir auch einige Tage in Herschede. Wir halfen bei der Ernte und genossen den kulinarischen Wohlstand auf dem Bauernhof. Meine Mutter tat alles für mein Wohlergehen, nur manchmal übertrieb sie das. Wenn frisch gebuttert wurde, schob sie mir eine ganze Hand voll Butter in den Mund, ich fand das ausgesprochen eklig.

Ich hatte viel Freude an den vielen Tieren, vor allem an meinen Lieblingstieren, den Schweinen. Davon gab es eine ganze Herde, mit freiem Auslauf auf einer größeren Wiese mit einigen Bäumen. Auf diesen munteren Tieren konnte ich hervorragend reiten. Da sie aber stark verlaust waren, scheuerten sie sich laufend an den Bäumen, ohne Rücksicht auf den Reiter.

Tante Bärbchens Mann war hauptberuflich Zimmermann und hatte daher wenig Zeit für seinen Bauernhof. So war sein achtzehnjähriger Sohn Peter der eigentliche Bauer mit der Verantwortung des Tagesablaufs. Wenn wir in Herschede waren, hat er mich überall hin mitgenommen, hat mir vieles gezeigt und auch einiges selbst machen lassen. Zum Beispiel die Pferde führen beim Ackern, Schweine füttern und auch Brote backen in einem großen Backofen.

Besonders spannend fand ich seinen selbstverständlichen Umgang mit Waffen und Munition. Die Höfe in Herschede lagen weit verstreut auseinander. Mehrere Male hatten in dieser Zeit räuberische Banden einen Bauernhof ausgeplündert. Polizei gab es nur in weiter Entfernung, die Bauern waren auf Selbsthilfe angewiesen. Jeder Bauernhof war daher mit Waffen ausgerüstet, und auf jedem Hof gab es eine größere Glocke, mit der bei Gefahr die Nachbarn zur Hilfe gerufen wurden.

Miterleben musste ich das glücklicherweise nicht, aber ich erinnere mich an eine ebenso gefährliche Grenzsituation. Der Zufahrtsweg zu einigen Feldern war seit Kriegsende durch ein liegen gebliebenes Militärfahrzeug blockiert. Peter hatte bei den Behörden mehrfach versucht, eine Räumung zu erreichen. Auch seine Hinweise auf die Dringlichkeit blieben ergebnislos. Es gelang ihm zwar mit „Ackergeräten" einen provisorischen Umweg zu schaffen, aber nach jedem Regen war diese Umgehung verschlammt und unbefahrbar.

Also musste er sich selbst helfen. Das Fahrzeug war zwar kein Panzer, aber es hatte einen Kettenantrieb. Mit Pferdekraft konnte da nichts bewegt werden und Trecker oder sonstige Zugmaschinen gab es nicht, also blieb nur das Sprengen und Sprengstoffe gab es in der Umgebung von Herschede noch reichlich.

So suchten Peter und ich nach geeignetem Sprengmaterial. Wir probierten es zunächst mit Flaksprengern, die waren leicht zu transportieren und relativ ungefährlich zu zünden. Leider halfen die uns aber nicht weiter, selbst die Ketten konnten wir damit nicht aufsprengen.

Daraufhin war uns klar, dass wir nur mit stärkeren Sprengstoffen hier was erreichen konnten und das waren Tellerminen. Ich hatte große Bedenken und Angst, mir waren Tellerminen noch in grausamer Erinnerung. Nach einer Explosion einer Tellermine sah ich noch nach einigen Tagen die zerfetzten Kleidungsstücke in den Bäumen.

Aber Peter konnte mich überzeugen, dass er sich gut auskenne, er habe schon einige Tellerminen gezielt gesprengt. Offensichtlich hatte er die notwendige Erfahrung und unsere Sprengung verlief nach Plan.

Nachdem ich mich in großer Entfernung in Sicherheit gebracht hatte, deponierte er zwei Tellerminen unter dem Fahrzeug. Verlegte dann viele Meter Kabel und schloss es in großem Abstand an das Zündungsgerät an. Die Explosion war ohrenbetäubend und erschütterte die ganze Umgebung. Wir blieben unversehrt und die Sprengung war erfolgreich. Das Fahrzeug wurde in zwei Teile zerrissen, die wir am andern Tag mit den Pferden wegziehen konnten.

Bis auf dieses brisante Erlebnis, habe ich mich immer von Munition und Sprengstoff fern gehalten, auch wenn es mir manchmal schwer fiel. Auch in Gleidorf lagen noch genug gefährliche Kriegsreste herum, die erst Jahre später gezielt geräumt wurden. So kannten wir Kinder ein kleines Lager mit 8 mal 8 Granaten.

Die waren insofern interessant, weil die Hülsen als Treibstoff ein Bündel Stangenpulver enthielten. Wenn man diese etwa 25 Zentimeter langen Stangen am unteren Ende anzündete und in eine Flasche steckte, flogen sie laut zischend haushoch in die Gegend.

Um an die Pulverstangen heran zu kommen, musste die Granatkugel aus der Hülse heraus gezogen werden. Das ging aber nur, wenn die Kugel mit dem Hammer oder mit Steinen seitlich abwechselnd bearbeitet wurde, um sie zu lockern. Dieses „Spielchen" war mir jedoch zu riskant und so konnte nur zu schauen, wie andere ihre Raketen bejubelten.

Die Scheidung

Der Scheidungsprozess zog sich über einige Monate hin. Mein Vater hatte die Scheidung beantragt und bezichtigte meine Mutter, sie hätte durch ihre hysterischen Anfälle die Ehe zerrüttet und vernachlässige meine Erziehung. Meine ältere Schwester blieb dabei außen vor, sie hatte auswärts eine Stelle als Haushaltshilfe angenommen. Tatsächlich war es aber so, dass mein Vater sich mit einer Arbeitskollegin angefreundet hatte und seit längerer Zeit bei dieser Freundin auch wohnte.

Dieser offensichtliche Ehebruch reichte aber vor Gericht nicht aus, erst der nachgewiesene, vollzogene Beischlaf wäre ein Ehebruch. Und das wurde mit Zeugenaussagen bestritten. Nur wie sollten wir das beweisen? Wir, das waren meine Mutter und ich. Geld für einen Anwalt hatten wir nicht, zudem wurde der Prozess auch im entfernten Hagen geführt.

Durch die rücksichtslose Gangart meines Vaters fühlte sich meine Mutter hilflos und nervlich überfordert. Umgeben von feindlich gesinnten Verwandten, konnte nur ich den erforderlichen Schriftverkehr übernehmen, das heißt, ich als Elfjähriger musste praktisch den Prozess führen. Natürlich war ich damit überfordert, zumal es gegen meinen eigenen Vater ging. Ich tat mein Bestes, aber das war nicht genug, meine Mutter wurde für schuldig verurteilt.

Nun ging es noch um das Sorgerecht, und da halfen meine Verwandten kräftig mit. Diese Monate haben mich sehr belastet, Meinen früheren Freunden wurde verboten mit mir zu spielen, man ging mir aus dem Weg, ich fühlte mich sehr einsam. Ich wurde ständig beobachtet und alles was ich sagte oder tat wurde gesammelt.

Wenn ich durch das Dorf ging hatte ich das Gefühl, aus allen Fenstern beäugt zu werden. Wenn ich neben dem Schulbesuch überhaupt noch raus ging, so streifte ich durch die nahen Wälder und hoffte irgendein Tier zu sehen.

Bei aller Unruhe und Belastung war ich ein vorbildlicher und auch sehr guter Schüler mit entsprechend guten Zeugnissen. Aber das nahm niemand zur Kenntnis. Viel interessanter war mein einziger „Fehltritt", der darin bestand, meiner Mitschülerin Gisela einen „Liebesbrief" in den Schulranzen zu stecken.

Auf dem kleinen Zettel hatte ich geschrieben: „In allen vier Ecken soll Liebe drin stecken". Nun war Gisela die Tochter des Direktors, der dann auch zufällig diesen Zettel fand. Meine Mutter wurde daraufhin zum Direktor zitiert, mit der Verwarnung, ihren Sohn besser zu erziehen.

Das war zunächst nicht so dramatisch, schlimmer war, was die „lieben" Verwandten daraus machten. Die Sammlung von „Untaten" war jetzt komplett. Meiner Mutter wurde das Sorgerecht entzogen mit folgender, sinngemäßen Begründung des Gerichts: Einbruch und Diebstahl bei meinem Großvater, Belästigung von Mitschülerinnen mit unzüchtigen Briefen, sowie häufiges, unbeaufsichtigtes Schlitten fahren in der Dunkelheit.

Bald nach dem Scheidungsurteil hat mein Vater seine Lebensgefährtin geheiratet. Er konnte jetzt eine „Familie" nachweisen, wo sein Sohn besser aufgehoben ist. Auf Gerichtsbeschluss musste ich also zu meinen Vater nach Hagen, aber das war nicht so ganz einfach durchzusetzen.

Am gleichen Tag, an dem sich mein Vater wieder verheiratete, starb sein Vater. Das war sicherlich ein reiner Zufall. Aber für mich als Kind hatte es eine tiefere Bedeutung. Vor allem in den Umständen seines Todes wollte ich einen Zusammenhang sehen.

Mein Großvater war mit seinen dreiundsiebzig Jahren immer noch ein rüstiger, kräftiger Mann. Er beackerte noch selbst sein Feld und seinen

Garten und transportierte mühelos größere Lasten auf seinen Schultern, er starb für mich ganz unerwartet. Ohne vorherige Anzeichen erlitt er einen Schlaganfall. In geistiger Verwirrung kletterte er aus seinem Fenster und rutsche die etwa drei Meter hohe Wand herunter. Danach ging er noch bis in das Nachbargelände und blieb dort in einem Gebüsch hängen, wo man ihn später fand.

Im nach hinein kann ich mir den plötzlichen Schlaganfall erklären als Folge einer falschen medizinischen Behandlung. Bei aller sonstigen Gesundheit hatte mein Großvater so genannte „offene Beine", die er täglich neu wickeln musste. Ein besorgter Arzt vollbrachte dann das „Wunder", die offenen Wunden vollständig zu schließen.

Heute weis man wie gefährlich das sein kann und lässt immer eine kleine Ablaufstelle offen. Wie weit mein Vater vom tragischen Tod seines Vaters betroffen war, weiß ich nicht, wir haben darüber nie gesprochen.

Wie bereits erwähnt, wurde meiner Mutter gerichtlich das Sorgerecht für mich entzogen. Ich musste also gegen meinen Willen zu meinen Vater, beziehungsweise zu meiner neuen „Familie". Aber ich wehrte mich dagegen so lange ich konnte. Ich liebte meine Mutter über alles und hasste

meinen Vater über alles, dazu noch diese Stiefmutter.

Das war alles so ungerecht und widersinnig,
Meine Mutter hat sich für mich aufgeopfert und
mich liebevoll und richtig erzogen. Warum fragte
mich keiner dazu und spielte es überhaupt keine
Rolle, wo ich leben wollte? Das einzige, was ich
noch tun konnte: ich war nicht da, wenn man
mich holen wollte

Mein Vater versuchte es zunächst "im Guten",
aber alle seine Versuche blieben erfolglos. Ich
konnte immer rechtzeitig verschwinden und blieb
auch lange genug weg. Einmal habe ich sogar im
Wald übernachtet.

Als Folge gab es böse Abmahnungen an meine
Mutter. Es kamen Behördenvertreter und schließ-
lich auch die Polizei. Aber auch die warteten vergeblich auf mich, ich war fest entschlossen, das
durchzuhalten. Erwischt hat mich niemand, jedoch musste ich dann doch aufgeben, ich ging
sogar „freiwillig". Mein Vater hatte bei mir den
wunden Punkt getroffen: er beantragte einen
Haftbefehl gegen meine Mutter.

Hagen

Nun war ich gegen meinen Willen in Hagen. Ich fand das hier sehr trostlos, nicht nur meine persönliche Situation, auch die Stadt sah trostlos aus. Zum einen fehlte die Offenheit und das Grün des Dorfes, zum andern war das Grau der Stadt noch verstärkt durch die vielen Trümmergrundstücke. Alles war mir hier fremd und kalt, ich hatte Sehnsucht nach meiner Mutter und nach meinem vertrauten Dorf.

Meine Erinnerungen an meine frühere Zeit in Hagen waren auch nicht erfreulich. Unmittelbar vor unserer „Evakuierung" nach Gleidorf sind wir nur sehr knapp mit dem Schrecken davon gekommen.

Nach der Entwarnung waren wir gerade wieder im Bett, als wir von einem unheimlichen Pfeifen erschreckt wurden, das mit einer dumpfen Erschütterung endete. Eine Fliegerbombe sauste keine fünf Meter an unseren Köpfen vorbei und schlug im Vorgarten ein, glücklicherweise ohne zu explodieren.

Von meinen kindlichen Erlebnissen blieb mir ein Ereignis im Kindergarten in Erinnerung. Ich hatte in einer Halle allein mit einem Ball gespielt. Plötzlich war der Ball verschwunden. In einer

Ecke waren einige Fußbodenbretter entfernt worden und der Ball war unter den Fußboden gerollt. Nachdem ich vergeblich nach dem Ball gesucht hatte, bekam ich Angst und lief nach Hause.

Am anderen Tag wollte ich weiter suchen und notfalls mein Problem melden. Aber als ich in die Halle kam, war der Fußboden bereits mit neuen Brettern verschlossen. Mir wurden meine Knie weich, alles wieder auf reißen? Ich entschloss mich zu schweigen, mit der Folge, dass ich eine Woche mit hohem Fieber im Bett lag und niemand hat erfahren warum.

Mein Vater

Ich hatte mich notgedrungen fügen müssen, aber ich gab immer noch nicht auf. Meine einzige Möglichkeit zu protestieren bestand darin, meinen Vater und die fremde Frau zu ignorieren, ich war für die einfach nicht da. Außer ein notwendiges „Ja" oder „Nein" kam in der nächsten Zeit nichts über meine Lippen.

Freunde oder Bekannte gab es nicht, nur in der Schule fühlte ich mich einigermaßen wohl. Aber auch hier war ich lange Zeit ein Fremdling und fühlte mich isoliert. Offensichtlich gefiel es weder meinen Mitschülern noch den Lehrern, dass ich als „Landei" einen schulischen Vorsprung hatte.

In Gleidorf war der Schulausfall um einige Monate geringer gewesen, als in der Stadt. Zudem wurde dort wegen der geringen Schülerzahl, die verschiedenen Jahrgänge gemeinsam unterrichtet. So war für mich der „neue" Schulstoff in Hagen meist nur eine Wiederholung.

Meinem Vater gefiel die „familiäre" Situation überhaupt nicht und bemühte sich um eine Verbesserung. In den nächsten Schulferien nahm er mich mit auf eine längere Dienstreise, um zumindest ein besseres Verhältnis zwischen Vater und Sohn zu erreichen.

Er hatte den Auftrag, den damaligen Flüchtlingstransport mit Postbussen zu unterstützen und entsprechend zu organisieren. So war ich nun eine Woche lang mit meinem Vater allein unterwegs. Ich saß stundenlang neben ihm im Bus, wir aßen zusammen und schliefen auch in einem Bett. Aber miteinander geredet haben wir trotzdem nicht, ich blieb stumm.

Diese gemeinsame Zeit brachte jedoch etwas Bewegung in meine Situation. Es berührte mich irgendwie, dass er mich schweigen ließ und mich nicht bedrängte. Er war freundlich und für sorgend, ohne auf mich ein zu reden. Es schien fast so, dass er für mein Verhalten Verständnis hatte.

In den letzten Jahren hatte ich mich gegen meinen Vater abgeschottet. Ich hatte ihn kaum gesehen, er war für mich fremd geworden. In meiner Vorstellung war er ein bösartiger Mensch, den man nur hassen konnte.

Jetzt erst nach fast fünf Jahren war er das erste Mal für längere Zeit ganz in meiner Nähe. In meinem zwölf jährigen Verstand versuchte ich zu sortieren. Was er meiner Mutter angetan hatte würde ich ihm nie verzeihen. Aber war er deshalb insgesamt bösartig und verachtenswert? Ich war offen, darüber nach zu denken.

Meine Stiefmutter

Meine Stiefmutter hieß Margarete, meine Tante war sie nicht, erst recht nicht meine Mutter, wie sollte ich sie anreden? Aber das war im Moment so wie so nicht wichtig, ich sprach ja ohnehin nicht mit ihr. Sie bemühte sich richtig, mir möglichst alles recht zu machen, aber sie war für mich nur ein abscheulicher Mensch, mit dem ich nichts zu tun haben wollte.

Eines Tages besuchte uns ihre Schwester Paula. Nachdem alle mit bekommen hatten, dass ich Tante Paula sehr nett fand, besuchten wir sie auf ihrem Bauernhof im nahe gelegenen Schwelm.

Und da waren sie wieder, die Tiere, die ich so lange vermisst hatte. Da waren Hunde und Katzen, Kühe und Pferde, und alle sehr zutraulich zum Anfassen und zum Streicheln. Besonders anhänglich war ein Pferd, das jede Gelegenheit nutzte, ins Haus und in die Wohnung zu kommen. Wenn es schon im Flur war, wurde der Rückzug schwierig. Das ging nur rückwärts und das machen Pferde nicht gerne.

Meine Stiefmutter nutzte die Gelegenheit, mir eine große Freude zu machen. Ich bekam einen Hund geschenkt und durfte ihn mit nach hause nehmen. „Flocki“, so hieß mein Hund, hat mich dann einige Jahre begleitet.

In diesen Jahren waren einige Lebensmittel und gute Kleidung nur auf dem „Schwarzmarkt“ zu bekommen. Aber dafür brauchte man mehr Geld, als mein Vater verdiente, und dieses „mehr“ verdiente meine Stiefmutter. Zunächst als Kellnerin und später mit einer eigenen Bierkneipe. Dies ermöglichte uns, auf nichts Wesentliches zu verzichten. Statt Margarine gab es nur „gute“ Butter, und ich war immer gut gekleidet.

So allmählich dämmerte es bei mir, dass ich mit meiner „Bockigkeit“ nichts mehr rückgängig machen kann und am meisten selbst darunter leiden musste. Meine Stiefmutter sorgte wirklich ganz hervorragend für mich. Ich mochte sie zwar immer noch nicht, aber ich begann sie zu achten.

Mein Verhältnis zu meinen Vater wurde mit der Zeit auch normaler. Es könnte sein, dass ich ihn irgendwann sogar gemocht habe, aber erinnern kann ich mich daran nicht, er war halt mein Vater. Meine Mutter durfte ich auch dann häufiger besuchen.

Meine Mutter

Meine Mutter habe ich seit unserer Trennung sehr vermisst, ich fühlte mich danach mutterseelenallein. Ich durfte sie zwar besuchen, aber das war nicht so einfach und kostete Geld. Sie war bald nach unserer Trennung nach Dorlar umgezogen und hatte sich dort später auch wieder verheiratet. Meinen Stiefvater habe ich nur zweimal gesehen, er war gut zu meiner Mutter und das reichte mir.

Um mit der Bahn nach Dorlar zu kommen, war das eine Tagesreise mit dreimaligem Umsteigen. Im Sommer fuhr ich mit dem Fahrrad dahin. Aber die achtzig Kilometer waren schon anstrengend für mich, so beschränkten sich meine Besuche auf die Ferien.

Die Scheidung und die Trennung von mir hatte meine Mutter sehr mitgenommen, so richtig erholt hat sie sich davon nicht mehr. In Dorlar bewohnte sie ein kleines Haus und hatte dort auch Platz für einige Tiere. Neben einer Katze hatte sie zehn Hühner, mit denen sie vertraut umging. Jedes Huhn hatte einen Namen und fühlte sich auch angesprochen, wenn man es rief. So war sie beschäftigt und hatte wieder etwas Freude am Leben. Ich musste mir daher keine weiteren Sorgen machen.

Mit der Zeit hatte sich auch meine Mutter mit der Situation abgefunden. Sie hatte nun einen Sohn in der Ferne, die innere Verbindung blieb zwar bestehen, aber jeder musste mit seinem Leben allein zu recht kommen. Die Trennung tat nicht mehr so weh, aber vermisst haben wir uns noch sehr lange Zeit.

Die neue Ehe meiner Mutter dauerte nicht lange, mein Stiefvater verstarb sehr früh an einem Berufsleiden. Daraufhin zog meine Mutter zu meiner Schwester, wo sie sich um zwei Enkelkinder mit großer Freude kümmern konnte.

Das Knusperhäuschen

Als ich nach Hagen kam, hatte kurz vorher mein Vater eine Dienstwohnung der Post bekommen. Die bestand aus einem kleinen Fachwerkhaus auf dem Posthof im Stadtteil Wehringhausen. Dieses sehr kleine, aber auch hübsche Haus wurde allgemein „Knusperhäuschen" genannt.

Hier verbrachte ich meine nächsten sechs Jahre. Als erstes musste ich mich an den Lärm gewöhnen. Auf der angrenzenden Straße quietschte die Straßenbahn vor einer Abbiegung, auf der anderen Seite der Straße verlief die viel befahrene Bahnstrecke Hagen Richtung Wuppertal. Auf dem Hof mit Werkstatt, Garagen und Tankstelle, rangierten die Postfahrzeuge. Die dünnen Wände mit nur einfacher Fensterverglasung konnten uns auch nicht vor dem Lärm schützen.

Aber hier zu wohnen hatte auch Vorteile. Nach Feierabend hatte ich einen großen Spielplatz zur Verfügung und ich konnte sehr früh das Autofahren üben. Zumindest eine längere Zeit bis es einmal knallte. Damals gab es viele dreirädrige Postwagen mit „Revolverschaltung". Sie waren zwar einfach zu fahren, nur beim Zurücksetzen konnte man nach hinten wenig sehen. So knallte ich einmal beim Rückwärtsfahren mit dem gelben

Postwagen auf die rote Tanksäule. Da war nichts mehr zu vertuschen, die Farben hatten sich vermischt.

Als ich meinen Hund Flocki bekam, wurde er als Wachhund von der Post angestellt. Flocki war eine Mischung aus Münsterländer Brake und vermutlich einem Dackel. Entsprechend war er nicht besonders groß, aber er war sehr wachsam und konnte gut bellen. Sein Bellen war nicht nur laut, er konnte sein Gebell auch variieren. Sobald es dunkel war, bellte er in tieferen Tönen, wie ein großer Kettenhund.

Mein Flocki war auch sehr gelehrig, es machte ihm Freude meine Spielchen mit zu machen. Eine besondere Vorliebe hatte er für Portmonees. Wenn ich einkaufen ging, trug er mein Portmonee und verteidigte es auch. Ich konnte ihn sogar allein zum „Einkaufen" schicken, zum Beispiel Zigaretten holen aus der Kneipe in der Nachbarschaft.

Beim Versteckspiel „such das Portmonee" war er sehr ehrgeizig, das konnte auch mal peinlich werden, wenn er fremden Besuchern das Portmonee aus der Hosentasche fischte. Auch „krank" spielen machte ihm Spaß. Wenn ich ihm ein Taschentuch um seine Vorderpfote wickelte und ihm sagte er sei krank, legte er sich auf den Rücken, zeigte mir seine „kranke" Pfote und ließ sich bedauern.

Irgendwann bekam ich zu meinem Hund auch noch eine Katze. Es war ein junger Kater, wir nannten ihn „Peter". Hund und Katze haben sich von Anfang an sehr gut vertragen. Sie fraßen aus einem Topf und hatten auch ein gemeinsames Trinkgefäß. Es gab nur etwas Streit, wenn es Reibekuchen gab. Seltsamerweise waren beide ganz wild auf Reibekuchen. Beim Hund war das noch zu verstehen, aber für Katzen nicht normal. Da wird wohl auch der Futterneid eine Rolle gespielt haben.

Aus dem kleinen Kätzchen wurde in wenigen Wochen ein kräftiger Kater, der sich allmählich einige Vorrechte verschaffte. Wenn immer es möglich war, saß er auf meinem Schoß, er begrüßte mich als erster, wenn ich nach hause kam.

Und er schlief auch in meinem Bett, allerdings nur bis etwa vier Uhr morgens. Dann legte er sich auf meine Brust und weckte mich durch „nuckeln" an meinem Nachthemd und gleichzeitigem „treten". Ich ließ ihn aus dem Fenster und er ging auf Jagd. Seine Beute legte er mir draußen auf die Fußmatte. Die bestand aber nicht nur aus Mäusen, sondern häufig auch aus getöteten Ratten.

Aus Sorge um meine Gesundheit wurde mir dann verboten, meine Katze mit ins Bett zu nehmen. Mein Kater fand jedoch Mittel und Wege, um sein Wunschziel zu erreichen. Entweder versteckte er sich rechtzeitig unter meinem Bett, oder er sprang von außen auf die Fensterbank und machte sich dort bemerkbar.

Neben Reibekuchen gab es für Kater Peter noch einen besonderen Leckerbissen, er fraß liebend gern rohe Fische. Selbst im wassergefüllten Eimer waren Fische vor ihm nicht sicher. Sein Meisterstück vollbrachte er, als er einer vorbeigehenden Passantin, unbemerkt einen Fisch aus ihrem Einkaufskorb heraus angelte.

Meine Schule

Mein Hund und meine Katze waren für mich die wichtigsten Spielkameraden, richtige, andere Freunde hatte ich nicht. Hin und wieder interessierten mich schon die Mädchen, mit denen wir Verstecken spielten. Aber da waren meist ältere Jungen, die bessere Chancen hatten. So konnte ich mich auf meine Schule konzentrieren, und ich ging gern zur Schule.

Nach kurzer Zeit in der Volksschule bestand ich die Aufnahmeprüfung für die Oberschule. Das war damals nicht so einfach, von etwa vierhundert Bewerbern wurden nur achtzig aufgenommen. Ein weiteres Mal bekam ich dabei Ärger mit einem Schuldirektor und seiner Tochter.

Nach bestandener Aufnahmeprüfung wurde ich vom Direktor meiner Volksschule vorgeladen. Er fuhr mich richtig an: Ich möchte ihm bitte schön die Unverschämtheit erklären, warum ich die Prüfung bestehen konnte und seine Tochter nicht. Seine Tochter sei doch in allen Fächern eine Spitzenschülerin und ich höchstens mittelmäßig. Ich musste mich für meinen Erfolg fast entschuldigen.

Meine neue Schule lag in Herdecke. Der Schulweg dahin war etwas lang. Im Sommer brauchte ich dazu mit dem Fahrrad eine gute halbe Stunde, in der kälteren Jahreszeit fuhr ich mit dem Zug bis Vorhalle und musste dann noch etwa drei Kilometer zu Fuß gehen. Diese Oberschule war eine so genannte „Aufbauschule", die nach sieben Volksschuljahren über weitere sechs Jahre zum Abitur führte.

Ich erinnere mich noch gut daran, was mir mein Vater und meine Stiefmutter beim ersten Schultag mit auf den Weg gaben: „Es liegt allein bei dir, ob du hier das Abitur schaffst, bleibst du sitzen, nehmen wir dich von der Schule, unsere Mittel sind begrenzt". Das hatte ich immer vor Augen, wenn die Noten mal nicht so gut ausfielen. Ich nahm mir fest vor, immer eine Reserve nach unten zu haben, das heißt, niemals unter befriedigend abzurutschen. Das konnte ich durchhalten und machte sogar ein gutes Abitur

Sie taten mir noch einen großen Gefallen: Sie kümmerten sich nicht um meine Hausaufgaben. Von Fremdsprachen und Mathematik hatten sie ohnehin keine Ahnung, aber sie taten es bewusst, um mich zu zwingen, den Unterricht nicht zu verschlafen.

Aber ich hatte auch sehr gute Lehrer, die mich immer wieder herausforderten. Fast gegen mei-

nen Willen wurde Mathematik mein Lieblings-
fach. Das lag an meinem Lehrer, der mich immer
wieder dran nahm, ob ich mich meldete oder
nicht. Seine Hausaufgaben mussten wir nicht
schriftlich machen, aber am nächsten Tag im Unterricht lösen können. Als ich mit bekam, dass er
mich bevorzugt nach der schwersten Aufgabe
abfragte, tat ich ihm den Gefallen und war stets
auf die jeweils schwerste Aufgabe bestens vorbereitet. So kann man auch zum guten Schüler werden.

Mein Klassenlehrer

Mein Klassenlehrer war Dr. Leipold, der uns in Mathematik und Erdkunde unterrichtete. Er war nicht nur ein guter Lehrer, er war in diesen Jahren auch mein wesentliches Vorbild. Da mein Verhältnis zu meinem Vater immer noch gestört blieb, war mein Klassenlehrer auch so etwas wie ein Vater Ersatz.

Seine Auffassungen zu vielen Lebensfragen wurden für mich eine Orientierungshilfe für mein weiteres Leben. Bei allem Respekt und hoher Achtung mochten wir ihn alle gern. Dabei war er eher streng als liebenswürdig und hielt Distanz zu seinen Schülern. Wir vertrauten ihm, dass alles was er sagte oder tat, immer für uns das Beste war, so konnten wir, ohne uns zu zwingen, gehorsame und aufmerksame Schüler sein.

Er nahm auch Einfluss auf unsere Kleidung und unser allgemeines Verhalten, aber immer nur belehrend, ohne etwas direkt zu verbieten. Zum Beispiel ließ ein Mitschüler seine Haare sehr lang wachsen. Das war in der damaligen Zeit eine unübliche Herausforderung, unserem Klassenlehrer gefiel das überhaupt nicht. Aber seine Reaktion war typisch für ihn: „Offensichtlich fühlst du dich hübscher mit deinen langen Haaren, aber lange Haare müssen mehr gepflegt werden als kurze

Haare. Wenn Du sie nicht täglich wäscht, siehst du unsauber aus". Am nächsten Tag waren die Haare kurz geschnitten.

Ein anderes Mal hatte ein Mitschüler die Knopfleiste seiner Jacke mit Coca Cola Korken verziert. Hier wurde er etwas direkter: „Du siehst aus, wie ein dekorierter Mastochse". Diese Anmerkung haben wir dann auch in unseren Sprachgebrauch übernommen.

Dr. Leipold stammte aus einer Bergarbeiterfamilie und kam erst über den zweiten Bildungsweg zum Studium und promovierte dann auch noch. Allein schon deshalb bewunderten wir ihn und achteten ihn als Vorbild. Seine Arbeitseinstellung war ohne Zweifel Mühe und Fleiß. Daher fand ich es besonders interessant, als er uns anhand der Mathematik erklärte, dass Können und „Faulheit" keine Gegensätze sein müssen.

In der Mathematik käme es darauf an, mit dem geringsten Aufwand das Ergebnis zu erzielen, das heißt, immer den einfachsten Weg zu suchen. Das durfte man aber auch bei ihm nicht übertreiben. Bei einer Mathematik Arbeit hatte ich aus Zeitmangel nur die Ergebnisse hinter die Aufgaben geschrieben. Obwohl alles richtig war, gab es nur ein „noch so eben befriedigend".

Gegen den Willen der Schulleitung setzte er durch, dass unsere Klasse im Winter einen Skiurlaub machte und im Sommer eine größere Fahrradtour unternahm. Die Kosten der Klassenfahrten mussten in dieser Zeit jeder selbst übernehmen, das war aber nicht jedem möglich. Entsprechend der besonderen Schulform für Späteinsteiger, kamen viele Schüler aus nicht so wohlhabenden Familien. Damit alle mitfahren konnten, ging unser Klassenlehrer auf Betteltour und sammelte bei den besser gestellten Familien das notwendige Geld ein.

An eine Fahrradtour nach Süddeutschland erinnere ich mich noch gut. Als wir einmal durch ein sehr stürmisches Wetter Probleme bekamen, unser Übernachtungsziel zu erreichen und „schlapp" machen wollten, setzte sich unser „alter" Lehrer an die Spitze und zog uns in seinem Windschatten mit.

Am Ziel unserer Reise übernachteten wir in Spielmannsau über einem Kuhstall. Es roch da schon sehr stark nach „Kuh" und einige versuchten zu „meckern". Aber Dr. Leipold beruhigte uns mit dem Spruch: „Lieber im warmen Mief ersticken, als im kalten Ozon erfrieren" und alle waren wieder friedlich.

Meine Pubertät

Die Aufklärung der Kinder zu sexuellen Fragen war wohl allgemein unüblich. Ich durfte in einem Gesundheitsbuch alles nachlesen, aber gesprochen wurde darüber nicht. Auch meine Schulkameraden wurden von ihren Eltern nicht aufgeklärt. Durch mein Gesundheitsbuch hatte ich einige anatomische Kenntnisse mit denen ich bei unseren heimlichen Gesprächen glänzen konnte, aber unsere eigenen Probleme wurden auch unter Mitschülern nie besprochen.

So musste ich auch mit der ersten Berührung meiner Sexualität allein fertig werden. Als ich zwölf Jahre alt war passierte mir folgendes: Beim Turnunterricht mussten wir an Seilen hochklettern. Als ich mich dann von oben herunter rutschen ließ, hatte ich plötzlich ein unbekanntes, sehr intensives Gefühl in meinem Unterlaib.

Erst langsam wurde mir bewusst, dass ich meinen ersten Samenerguss hatte. Natürlich fühlte sich das gut an, aber war das nun etwas Schönes oder etwas Schlimmes und darf man das wiederholen?

Ich war mir da sehr unsicher. Es war unbeabsichtigt von allein passiert, also hatte ich daran keine Schuld, auch wenn es etwas Schlimmes sein sollte. Aus dieser Überlegung heraus, erlaubte ich mir, etwas Ähnliches zu wiederholen. Am nächsten Tag schlich ich mich in die Turnhalle und rutschte mehrmals das Seil herunter. Diesmal aber leider ohne Erfolg. Was nun, kann man da nachhelfen? Ich hatte schon Bedenken, aber in der nächsten Nacht versuchte ich im Bett den Vorgang mit dem Seil zu imitieren.

Nun wusste ich, wie man sich selbst befriedigen kann, aber daraus entstanden für mich neue Probleme. Darf man das überhaupt, wenn ja, dann wie oft und kann das krank machen? Ich konnte niemanden danach fragen und zwang mich, es möglichst wenig zu tun, aber immer hatte ich dabei ein schlechtes Gewissen.

Dazu versuchte ich alles über Onanie herauszufinden, nur fand ich darüber nicht sehr viel und alles klang negativ. Es gab Hinweise, dass durch Onanie das Gehirn geschädigt werden kann und dass man dadurch im Alter unter Demenz zu leiden hat. Zudem wurde auch im Religionsunterricht der Namensgeber Onan für seine Missetat verteufelt.

Es hat lange gedauert, bis ich mir über seriöse Veröffentlichungen eine eigene Meinung bilden konnte. Es war schon seltsam, dass niemand darüber reden wollte. Es war schon ungehörig, zur Onanie eine Frage zu stellen. Wobei ich mir nicht sicher bin, ob das heute wesentlich anders geworden ist.

Darüber hinaus gab es in meiner weiteren Pubertätszeit keine nennenswerten Probleme. Ich hatte zwar einige Freundinnen, aber die waren noch „strenger erzogen" als ich. Petting gab es nur in den amerikanischen Filmen, wir machten es nicht und intimer Verkehr war uns verboten.

Auch von den Problemen mit Alkohol, Rauchen oder Drogen blieb ich verschont, das war ohnehin mit meinem sportlichen Ehrgeiz nicht vereinbar. Nach außen und auch für meinen Vater und für meine Stiefmutter verlief meine Pubertät absolut problemlos, dass ich aber unter meinen Problemen gelitten habe, hat wohl niemand bemerkt.

Mein Sport

Neben der Schule gewann auch mein sportliches Bemühen an Bedeutung. In der Schule wurde neben Turnen der Handballsport gefördert. Mit der Schulmannschaft wurden wir sogar Vizemeister von Westfalen, aber mein Hauptinteresse galt der Leichtathletik.

Auch das habe ich meinem Vater zu verdanken. Mein Vater hatte ebenso wie sein Vater Durchblutungsstörungen in den Beinen, es stand zu befürchten dass ich auch ähnliche Probleme bekommen könnte. Zudem hatte ich auch noch Senkfüße, die behandlungsreif waren. So animierte mich mein Vater Sport zu betreiben oder zumindest viel zu laufen. Das begann dann so, dass ich abends mehrmals um den Häuserblock lief und mein Vater und meine Stiefmutter dabei zuschauten.

Als nächstes baute ich mir eine „Hochsprunganlage" mit einem Bindfaden und dahinter gelegten Gummimatten aus der Werkstatt. Mit dreizehn ging ich dann in einen Sportverein, begann mit richtigem Training und konnte später auch einige Meistertitel erringen.

In bester Erinnerung ist mir jedoch mein erster Sieg im ersten Trainingsjahr geblieben. Ich war von Anfang an sehr ehrgeizig und hatte mich für den Frühjahrswaldlauf gut vorbereitet. Diese Vorbereitung bestand aber nicht nur aus täglichen Trainingsstrecken, ich studierte auch die Wettkampfstrecke. Die Zielgerade ging auf den letzten zweihundert Metern recht steil bergauf. Hier witterte ich meine Chance und trainierte ausgiebig diese Steilstrecke

. Im Wettkampf trabte ich Kräfte sparend zunächst hinterher, konnte dann aber auf meiner „Spezialstrecke" alle hinter mich lassen. Meinen ersten Erfolg hätte ich mir aber beinahe selbst versiebt. Wir kannten damals schon „Dopingmittel" und zwar Traubenzucker. Da ich noch damit unerfahren war, hatte ich wohl zu viel davon gegessen. Zum Wettkampf war mir schlecht und ich fühlte mich hundeelend. Meinem Trainer verdanke ich, dass ich dann doch noch mit gelaufen bin.

Rückblick

Wenn ich auf die fünf beschriebenen Jahre zurückblicke, fällt es mir schwer, zu entscheiden, ob sie nun gut oder schlecht für mich waren. Sie waren zumindest interessant und stellten an mich Forderungen, die man sonst als Kind nicht erlebt. Man könnte daraus positiv schließen, dass meine kindliche Entwicklung beschleunigt wurde. Auch wenn es häufig an meine Grenzen ging, glaube ich schon, dass es für meinen inneren Reifeprozess von Vorteil war.

Nach außen, im Kontakt zu Menschen hat mich das alles aber sehr nachhaltig belastet. Noch als junger Mann blieb ich gehemmt und hatte Schwierigkeiten im Umgang mit fremden Menschen. Auch an Spontaneität fehlte es mir.

Ein kleines Ereignis in dieser Zeit zeigte mir das deutlich: Ich fuhr mit einem Geschäftspartner zu einem Termin. Beim Einparken überfuhr ich versehentlich eine Puppe, die ein kleines Mädchen fallen gelassen hatte. Ich war geschockt, das Mädchen weinte und ich wusste nicht so recht, was ich jetzt machen sollte.

Mein Geschäftspartner stieg spontan aus, tröstete das Mädchen, fragte die Mutter nach dem Preis der Puppe und gab ihr zwanzig Mark. Natürlich gab ich ihm die zwanzig Mark wieder zurück und ärgerte mich sehr, es nicht selbst getan zu haben. Mit einem intensiven Carnegie Kurs habe ich dann mein allgemeines Verhalten in die bessere Richtung bringen können.

Mein innerer Reifeprozess war zunächst geprägt von Hass. Als meine Mutter als unerwünschte, fremde Frau behandelt wurde, und ich als ihr Kind mich ebenso ausgesondert fühlte, gab es für mich nur zwei Gefühlsrichtungen: Meine Mutter lieben und alle andern hassen. Mit dieser klaren Abgrenzung war mein kindliches Gefühlsleben geordnet, mich konnte keiner mehr verletzen. Ich musste auch nicht abwägen, ob mein Verhalten und mein Empfinden richtig oder falsch waren.

Es wurde für mich erst schwieriger als in Hagen der Trennungsschmerz allmählich nachließ und mein Vater und meine Stiefmutter sich redlich um mich bemühten. Es fiel mir immer schwerer sie zu hassen, aber es war ein schwieriger und langer Weg, bis ich mich aus eigener Überzeugung davon lösen konnte. Nach diesem inneren Kampf konnte ich niemanden mehr hassen.